KB160191

사랑은 발자국 소리를 듣는다

사랑은
발자국 소리를 듣는다

허 진 숙 시집

도서출판 농민문학

어느 조용한 산골에 들어가 장작 타는 불꽃 이야기 나
누며 살고 싶다. 산골 초가집 앞 내천 흐르고, 연기 나
는 굴뚝. 밥 짓는 마을. 그곳에 가서 살련다. 갈망하
며 오늘도 아스팔트를 걷고 간다.
주님 가신 길 삶으로 산다는 건, 이해할 수 없는 일들
이 먼저 찾아와 길을 막고 서서 넘어져 무릎이 깨져
울어봐야 안다.

내 젊은 날 세상 무서운 걸 알았다.
사람이 무서운 것도 알았다.

천년 흘러 피고 지는 삼월 매화꽃
차가운 눈꽃 하도 애처로워

손등에 얼음 하나 올려놓고 시린 꽃 차가운 전율이
발끝까지 오금 저려오는 알량한 호들갑에
혼의 천막이 거두어지고

영롱한 이슬방울이 "시" 라고
하나님께서 주신 선물이라 넙죽 받아,

세 번째의 시집을 출간하기까지 나의 곁에는 인자한 남
편과 성직자 사위와 딸 외손주들이 나의 동반자同伴者.
값없이 받은 사랑이 하도 많아 이 빚 언제 다 갚고 갈
려나,

깊은 들숨을 쉬어본다.

2018년 8월에   허 진 숙

차례 ‖ 사랑은 발자국 소리를 듣는다

6

차례 ‖ 사랑은 발자국 소리를 듣는다

차례 ‖ 사랑은 발자국 소리를 듣는다

차례 ‖ 사랑은 발자국 소리를 듣는다

사랑은 발자국 소리를 듣는다

1부 ‖ 이름도 없이 사라져가는 아이들

괜찮다 하신다

숨죽여 엎드린 자갈밭에
발 담그고
바람소리 새소리 어우러져
축령산 자연의 음표!

물가에 심기 운 고목 사이로
발등에 떨어지는 한줄기 빛
씻고 또 씻어도
얼룩진 흔적

속내 열어놓고 하늘 우러러
어찌 당신께 가까이 가리오
이 빛은 내 것 아니네

물소리 새소리 바람소리 어우러져
노래 불러 춤추어도
괜찮다, 괜찮다, 괜찮다, 하신다.

또 다시 잊지 말자 6.25

모태에 두 영이 싸우는구나
하나는 자유를 또 하나는
떡을 줘도 매를 좌초한
종의 신분 칭칭 칡넝쿨에 감겨 운다

굴곡진 어제보다 오늘
핵 단추 머리이고
책상 앞에 손가락
딱! 하면 불바다가 온다

초가집 굴뚝 연기 오르면
구수한 밥내음
동네 걸인 깡통 두드리는 어귀엔
밥만 먹어도 좋은 세상
그 시절 인심보다 더 무서운 핵전쟁
또다시 잊지 말자 6.25.

사저로 가는 날

꽃차 타고 오신 육조거리
화려했던 날 거두고
2017년 3월 12일 해 저문 7시 30분
마치 쫓기 듯 달려 사저로 가는 길

대통령 탄핵하면
이 나라 평안 할까요?
대통령 탄핵하면
새 정치가 오나요?

우지직 꺾어놓고
눈 들어 하늘 보시오
빛으로 오신 그분께서
거짓된 나를 탄핵해야 한다고

미친 개 물어뜯듯 쫓기던 날에도
아침의 나라는
무궁화 꽃 피웠니라.

여의도 바람

여의도 강바람 세차게 불어
민초들 수세미 밭에 앉자
벚꽃 춤추는 봄날
기다려야겠다

이 밤
고요가 깨치는 암고양이 발정
잃어버린 대한민국 울음 운다

여의도 강바람 세차게 불어
잠 못 드는 민초들
장미 빛 찬란한 오월을 기다려야겠다

그날에 그날엔 꽃이라도 취하여
춤이라도 추어야겠다
잠 못 드는 민초들
목울음 운다.

이름도 없이 사라져가는 아이들

"사냥꾼에 쫓긴 짐승의 겁에 질린 눈빛"
신문에 게재된 글을 읽다가
나는 지금 무엇하고 있는가?

김정은이 다녀간 후
판문점을 통하여 북에서 남으로 불나비들 날아들
었다
갑자기 굿맨이라는 평화의 상징적 착각에 빠져갈 때
삼백만 탈북자들 자유 대한민국에서 불안한 날로
진정한 자유를 잃었다
그들은 북한에 태어난 그 자체가 불행이다

까마득히 잊혀 진 그날
관광을 위장하여 우리일행은 버려진 탈북아이들
을 찾아갔다

자유를 찾아 강을 건넌 탈북여인의 비극이 시작이다

브로커에게 불모 잡혀 중국오지로 팔려가 태어난
아이들을 만났다
밀고자의 신고로 공안에 잡혀 북송된 엄마를 기다
리는 아이들을 보호하는 비밀 아지트
태어나면서 출생 인민증을 받지 못한 아이들이다
우리는 겁에 질린 아이들 눈빛을 보았다
학교도 들어 갈 수 없는, 아파도 병원에도 갈 수
없다

"엄마는 북한에 잡혀 갔어요"
희망 없는 눈빛이 겁에 질려있다
"우리 어머니는 한국에 돈 벌러 갔어요 데리러 온
데요"

그 아이는 눈빛이 살아있었다
매일 통화를 한다고 핸드폰을 보여 주는 아이
햇볕조차 차단된 좁은 집
배가 아프다고 파랗게 질린 아이가 고통하고 있다

우리 일행의 동선도 보안에 포착되면 잡혀가는 위
험을 안고 버려진 탈북민 아이들 찾았다

아이를 보호하는 한 족은 이 버려진 아이들을 도와
달라는 요청을 차마 거절 할 수 없어 위험을 무릎
쓰고 돌보고 있다고 하니
바벨론 70년 귀환을 꿈꾸며 통일의 날
아이들에게 자유롭게 살아갈 그날을 기다린다고,

잡혀간 어머니가 데리러 오길 기다리는 아이들을
두고 아무것도 해줄 수 없는 아픔을 안고 우리 일
행은 한사람씩 그곳을 빠져 나와야했다

오늘도 중국 어느 곳에 그들은 헤매일까?
인권, 인권, 인권이 보장 되지 않는 나라에도 하
늘은 푸르다
하늘을 이고 산다는 의미조차 상실한 억압된 민족

류경호텔 식당에서 한복을 곱게 입은 북한 종업원들
"반갑습네다" 노래와 춤을 추며 인민에 충성을
보았다. 아마 그들도 자유를 꿈꾸며 살고 싶을 게다

삼백만 명 아니 그 보다 더 많은 탈북민들은 죽음
을 무릎 쓰고

자유를 찾아 대한민국으로 왔으나
정작 오늘 같은 비애悲哀를 겪게 하는 건 두 번
죽이는 일을 우리끼리 라는 이름으로 하지 않아야
한다.
＊ "사냥꾼에 쫓긴 짐승의 겁에 질린 눈빛"을 피
하여 살아서 돌아온 저들,
진정 자유 대한민국 품에서 안식하길 염원한다.

＊ 조선일보 게재: 김영자 조선인권시민연합 사무국장

실향민의 기도

붉은 피로 얼룩진 두만강은 말 없구나
도문 역에서 겅중겅중 뛰어가면
어릴 적 기차소리 듣던 그곳
* 남영역 내 고향인데

팔순의 실향민 눈가에
어머니 손 놓고 평양 군사훈련 학교로
그날
마지막 꿈속에 고향

총 들고 전선에 떠밀려 죽여야 내가 사는
어처구니없는 바람에 불려온 목숨
남한 거리에 젊음을 버리고
반겨줄 이 없는 변방에 비가내리네

젊음 피 용트림에 전선을 뛰어넘던 기백
이제 사나 죽으나 주님의 것

고아같이 버려두지 않으신다니
두 손 꼭 잡고
화통소리 요란한 남영 땅 가보리라

실향민의 마지막 기도.

* 함경북도 온성군 남영마을(전형을 안수집사 고향 그리다)

양화진의 봄
-외국인 선교사 묘지墓地에서-

하늘 마르고 산도 마르고 강물도 말라
암울한 땅 고집으로 얼룩진 세상의 변방 코리아
헐벗고 굶주려 길 잃어 헤매는 영혼
만리 길 태평양 건너온 낯선 이방인 처음 보는 날
단일 민족 상장上狀만이 고집했으랴

박해를 등에 업고 한 알 씨앗 뿌려지는 날 그들의
피 붉었다
얽힌 타래 풀어날 때 시퍼런 칼날 사슬 끊었다
무수히 흘린 피 아름다운 소식 전하는 발이여!
이제 열방을 열어 가는 세계로 …

학문의 씨앗 이화 배재 학당 초석 되어
메밀꽃 피는 마을에도 풍금 소리 들려오고
고가古家 등잔 아래 주경야독晝耕夜讀
짚신 벗고 청마루 앉혔나니

꽃그늘 아래 자맥질하는 저들 보라 꽃비 맞으며
함박 웃는
실로 얼음 풀리고 한강은 유유히 흘러간다

여기 백년 역사 흘렀다
돌 십자가十字架아래 잠든 순교자
풀꽃 피워 강변 부는 바람 무덤 위로 흐른다.

자유

율법이 가로막고서서
자유를 잃어버린 허공에 떠도는 나
구부러진 말 삐뚤어진 자아
내 안에 또아리 틀고 운전석에 앉아
이리가라 저리가라 조정 침 하나

늘 하지마라, 하지마라 하신다
지켜야하는 것 열 가지 계명 중
＊'네 부모님 공경하라.'
'안식일을 기억하라.'
하라는 건 힘들고 하지마라는 건 더 힘들고

준엄한 하나님의 명령
아닌 척 난척하던 허울들이 하나둘 벗겨
예초된 동산에 쏟아놓은 수정 같은 눈물방울
흐르고 또 흐르고 있었구나

풍성한 삶을 누리는 법 앞에 잃어버린 자유는
율법이 아닌 율법의 완성 예수의 피
갈보리 언덕 예수의 피로
내 몸 씻었네, 내 자유 얻었네.

* 십계명

전선의 그 꽃

총 맞은 * 독개다리 교각 그날의 흔적
푸른 들판 나무들은 열병식 한 듯 뾰족이 서있다
꽃들은 아물어 가는 혼의 향기로 임진각 교각 아래
분단의 사모곡 그리다 일어나 앉아있다

철조망 아래 벗겨진 철모는 어느 병사 고향이던가
전선의 그 꽃
철모 아래 고이피어 머리 숙여 추념한다

한 사람 인류의 죄를 대신지고 십자가 언덕 꽃으로
핀 예수
아ㅡ육, 이오 70년 세월
또 한 사람 비극의 그 이름

독개다리 위 느린 걸음으로 놀란 가슴 쓸어 달래며
당신들의 영혼은 그 곳을 맴돌 터
바람개비 언덕 연 날리는 아비와 아들

평화랜드 놀이공원 목마 타는 아이들 웃음소리
저 산 너머 북쪽 하늘 아래 내일의 기적소리 들린
다면 좋겠다.

* 독개다리: 파주시 문산읍과 장단면 사이를 흐르는 경의선
   교각

호국 형제
-현충원에서-

장하다, 장하다
나라의 영광 가문의 빛이여!
울었다, 울었다, 또 울었다, 태어날 때 울고
어느 산맥 골짜기에서
엄마 ~ 어머니 부르다
장렬히 산화한 호국 영령이시여!

낙동강 전선 따라 평양 탈환 북진
9천리 말 달리듯
군화 속 짓무른 발
달 따러 별 따러 살던 언덕
이 전쟁 마치고 돌아가고픈
전선야곡의 밤

아 - - - 육십년 기나긴 세월
어느 산맥 기름진 들꽃 피우고
현충원 국립묘지 육군하사 형님 곁으로 오셨습니다

아직도 십삼만 호국용사 북방 산야에
피안의 눈물 통일의 봄 언제나 오려나
어느 날 내 어머니 내 형제 곁으로 …

자라나는 아들아!
이 땅의 아들들아!
밤하늘 별빛 네 정수리에 비춰는 어린 것들아!
잊지 말거라 진정 잊지 말거라
정렬된 현충원 수마노水瑪瑙 꽃길
묘비 앞 국화 한 송이 바치옵니다.

사랑은 발자국 소리를 듣는다

2부 ‖ 삼월이 오면

개양귀비 꽃

허우적거리는 가녀린 줄기
온 몸으로 바람을 만나
아스라이 휘어질까 눈을 피할 수 없다
빛 그리고 바람도 너의 전부를 아우르고 가지만
넘어뜨리지만 말아다오
아니 나처럼 잘 ~ 견디어다오
너와 나의 인연
사랑으로 와서 사랑으로 살자 단 얼마라도 좋으니
오늘 미세 먼지 온다니
너에게 가혹한 형벌이다
마스크를 끼워줄 수 없어
바람 지날 때 힘써 날려 보내라
빨간 개양귀비 꽃잎 병들라.

갱년기

일찍 오시나봐요
여성 호로몬이
아빠가 요즘 '음ㅡㅡ'
엄마 목소리 높아지게 하는 걸요.

늙음이 이렇게 오는가

아무도 없는 빈 집
혼자 지켜야 하는 시간과 나

아득한 그날 할머니 손등 외피를 잡고 놀던
그때,
저승꽃이라고
흐려져 가는 시력에 얼핏
꽃처럼 고운 내가 아닌
늙음이 이렇게 오는가.

딱 한번 멋있었던 그 남자

딱! 그 길을 걸었습니다
둘도 아닌 혼자서
누구든 추억하나 만들 범한 그곳에
얼굴 빨개지는 비밀 하나 만들지 못한 내숭이가
아련한 추억하나 무색한 초상
가다가 손을 놓아도 될 듯한 …
풍차처럼 하얀 등대 아래
빽빽한 댓잎 사이 오솔길 따라
바다 속 풍덩 자맥질하듯 그런 사연 하나쯤,

둘이 둘이서 걸었다
한 중년의 남자와 걷는다
꿈틀거리는 젊은 날 초상하나 그리고픈 날
도둑맞은 입맞춤
딱! 한번 멋있었던 그 남자
꿀꺽 삼켜버린 거짓말하는 남자.

사랑꽃

어부바 등걸이 업어 길른
사랑꽃
이 밤,
달빛나마 안아 보고픈
죽은 듯 고요한 밤
한해 건너 울음 터뜨린 세 녀석
어느 꽃에 비하랴
애기 똥풀
갈 밤은 깊어가고
그리움 한 자락 뉘나 오가는 길목.

삼월이 오면

삼월이 오면 길 위에 선다
남도에 매화 산수유
나비같이 날아 우리 오란다
산천에 매화꽃
마른 가지 끝
허리 펴고 나오신다
가던 신사 걸음 멈추고
손안에 셀카 찰깍, 찰깍,
꽃 마음 뉘게 전송 하려나
마른 가슴 꽃 물들여
행복하셔요 ~
이성의 뿌리에서 감성의 꽃 보듯
그런 신사 피어오시오.

아이들 노는 동산에 꽃이 피어요

사철에 부는 바람
동산에 봄이 왔어요
아이들 노는 동산에 꽃이 핍니다
가장 갖고 싶은 것
가장 사랑하는 것
가장 좋아하는 것 해海 아래
환장하게 피어나는 오월의 장밋빛처럼
아이들의 노는 동산에 꽃이 핍니다
맘껏 열린 하늘아래 홀로 섬하나
내리소서! 빛과 바람 별들이 뿌려놓은
축복의 땅
정문正門 열어 걸어가는 빛을 안고
재롱, 재롱, 재롱둥이
아이들 노는 동산에 꽃이 핍니다.

아침 고요 수목원

오늘도 계란을 삶는다
매끈한 하얀 속살
영혼의 피곤을 어루만진다
하도 시끄러워 머리 둘 곳 찾아
1TX 타고 산을 품은 가평
아침고요 수목원
평상 그늘에 드리운 거룩한 하늘
바람 교교히 가르마 잔 물살 따라
푸른 숲 새들의 요람
소유에 직인 없어도
산도 내 것이요 하늘도 내 것
어느 숲 가지에 숨어 뻐꾹 뻐~ 뻐꾹
정겨운 한날 돈으로 못 사야.

풀꽃

누가 머물렀다 갔을까?
짓이겨!
겨우 몸 일으키는

누가 힘겨운 싸움 징하게
고독을 비벼놓고 갔을까?
풀꽃도 꽃인 걸
뚝뚝 소낙비 맞으며
살겠다고 살아야 한다고
질경이처럼 세월을 비비고 간다.

홍매화

씨앗 떨어진 유엔묘지에 홍매화 피었네
부산 남구 평화로 93번지
2300명 전몰용사
홍매화 두 그루 붉은 핏빛으로 피어나
싸우지 말라, 싸우지 말라
나 여기 먼 이국땅 내 부모 형제 떠나
태평양 바다 건너 대한민국 전선에서
나는 꽃으로 피었네라
긴 겨울 지나고 올 것 같지 않는 봄
가로막힌 빗장 헐고 봄은 오는데
휘파람새는 휘파람새는
오지 않는구나
자유수호 평화 전몰용사 잠든 여기 유엔 묘지
남의 땅에
홍매화 고운 빛으로 피었네라.

사랑은 발자국 소리를 듣는다

3부 ‖ 당신이 있어 행복했습니다

종이학의 추억
- 하영이에게 -

색색의 종이학 꿈을 접어 투하된 병 속에서
꿈틀꿈틀 뚜껑 열고 학이 되어 나르는 꿈

바라만 보아도 살이 떨린다는 까치발 들고
걷던 아이가 육군 이등병 베레모 쓰고
충성! 경례하고 다가온 구릿빛 의연한 청년이
어느 젊음이 내 것 아닌 나의 패기와 심장 뛰는
소리 들릴 때
보안경 벗어 던지고 나만의 만화경 만드는
이런 사람이 참 좋겠다

역량 하는 시대 밀실까지 품고 가는 마음의 창 활
짝 열어젖히고
학이 되어 나르는 꿈
이런 하영이가 되면 참 좋겠다.

목수의 딸

아부지 이름 불러놓고
왕 방울 눈물 뚝뚝 떨어진다
"공책 사야해요."

울 아버지는 배 짓는 목수인데
예수님도 배 짓는 목수인데

울 아버지는 자석 아홉 먹이시랴
학용품 산다는 자식도 겁나게 호령하시는데
예수님은 누굴 먹이시랴
목수 일 하셨을까?

어릴 적 몰랐던 예수님 진작 알았다면
힘든 울 아버지 도와주시라고
허리 휘지게
고생만 하시다 가시지 않았을 덴데

망치소리, 망치소리 들리네!

마지막 흘린 눈물

정자처럼 고적한 * 명동집 앞산
드리운 병풍 구름 두르고 몰래 쓰다가 지워 버린
흔적
가슴 속 고이고이 묻어두고 님은 가셨습니다
툇마루에 앉아 먼 산을 바라보았습니다
님의 가슴 훔쳐보려고

빼앗긴 나라 찾아
울며 삼키며 길 떠나신 님 그리워
이곳까지 찾아왔으나 우물은 그대로 달 뜹니다

후쿠오까 붉은 감옥은
명동 땅에서 멀고먼 남의 나라
붉은 담장 마지막 흘린 눈물
또 한 송이 무궁화 꽃 피었습니다.

* 중국 용정 윤동주 시인 생가
  2017년 동대문구청 갤러리 현대시인협회 시화전

46

소음

무슨 소리 날까요? 오늘 아니 내일도
소리 안에 양분 넘쳐나고
소리 속에 고통이 묻어와
오늘 이 시간 나의 시간 아니 운전자의 시간
내가 향기라면
소리 속에 숲속 새들이 놀라 도망가지 않겠지!
소리 안에 화초들 춤을 춘다면
행복 깃드는 그런 가정 되겠지!

십자가 정령精靈

기축년 시월 초아흐레 탯줄 자르던 날
정한 십자가 예비 되었으니

종탑 그늘 아래 숨바꼭질 할 때도
나와 상관없는 그저 철탑이었소
새벽 종 땡땡 울릴 때도 심금 울리지 않더니
어느 날 수녀 되고파 동경반열憧憬班列 사무치다가
열아홉 장삼 비구니 되고파
내 사모하는 영 홀로 울더니

첫새벽 닭 울 때 불현듯 찾아오신 분
그 음성 화들짝 놀라
닭 쫓던 강아지 마냥 달리고 달려 멈추어선
교회당 문 열렸지요

아 ~ 그 날
햇볕 빤짝이는 종탑 위 십자가
예수는 하나님 아들이었던 전설이

어린 날 울리던 심금 풀길 없는 숙제 풀었지요

그 십자가 나 때문에
그 십자가 나 때문에 …

아버지

평상에 앉아
오늘에나 오려나
버스 정유장 지키고 있다
망자석望子石 되어

그렁그렁 눈물 받으며
기러기 아버지
북향만 바라본다

모퉁이 돌아오는 버스에
내 자식 올라나
뻥 뚫린 가슴 바람만 고인다.

엄마의 이름

자꾸만 희미해지는 얼굴
과념할 길 없어
이제는 사진으로 모습을 지우려 않습니다
이미 저~ 멀리멀리 가신지
오랜 날 흘러왔으나

피난살이 깊은 굴속에서
모자라는 젖무덤 비비며
울던 아이 이야기
뚝뚝 눈물 흐느끼며 듣던 그때가
오늘인 것 같아

누가 그랬던가요
＊ '문둥이 내 어머니도 클레오파트라와 바꿀 수
없다고'
서러이 살다간 화영처럼 흔적인 걸요
사진틀 먼지 닦으려다 속내 비춰어
내 엄마 황순정 불러봅니다.   ＊김소운: 목근통신

51

할머니

펄럭이는 빨래 하나
이리 저리 돌려봐도 귀 마게는 아닌 듯
베적삼 고요히 동여매던 가슴 가만히 손 넣어
곶감처럼 말라버린 젖무덤 만져본다
두고 온 토담집 그리운 한나절

증손주 장가가던 날 상좌에 앉으시어 절 받으시고
백수 지나 해든 壽 다하시고 천성 길 떠난 그 자리
에
할머니 토담집 지키고 있다

고쟁이 속 쌈짓돈 여비해 가라고
논두렁 길 따라 오던 인습의 뿌리
남아 있는 한 장 사진 할머니~~불러본다

우리 손주들 할미 떠난 후
나처럼 하겠지.

당신이 있어 행복했습니다

PEN을 들고 주춤 잠시 몽롱한 건
"어제 뭐했더라?"
그래서 일기를 쓴다
그래서 영수증을 챙긴다

소리 없이 노인인구 통계에 턱하니 들어가
껌 딱지 붙듯 나의 운전수가 되어~

어제는 오이소박 담그고
오늘은 쭈꾸미 좋아하는
늙어가는 남편 입 맛 돋우고
소박한 밥상 우리 둘이서
꾸역, 꾸역, 수저소리만 …

먼저랄 것 없이 혼자 남는 날
"그때 왜 그리 멋없이 살았지."
이미 지나간 기차는 돌아오지 않는다고!
달려가는 운전석에
당신이 있어 행복했다고!

가을 연인

가을 같은 연인을 만나고 싶습니다
어디가면 만날까요
코스모스 언덕
억새 춤추는 하늘공원에
아니면
내가 가을 여인이 될까요?

우정

비릿한 갈증에
흩어진 우정 찾아
어느 듯 어촌을 서성인다

집터는 무너지고
내 어린 날 외침은 어디로 사그라져가도
갈매기 울음 내 어머니 품
떠나 다시 오지 않으리라 던

어느새 이곳에 머물러
객주 집 탁배기 한잔
어린 동무들 그림자 동경타
한 곡조 노랫가락 구슬피 허공에 뿌려놓고

달려가는 차창에
내 고향 버려두고
미련 없이 떠나련다
우리 다시 만날 날 잊지 말고 불러주게나.

사랑은 발자국 소리를 듣는다

4부 ‖ 나의 고향 나의 바다

감

무서리 내리는 날
떫은 맛 사리고 붉게 물든
그 집

가는 발 길 멈추게 하는 너
소낙비 맞으며 천둥치던 그 여름
아니, 아니
가뭄 들어 목마른 뙤약볕에도
그리도 고운 새아씨 자홍빛 적삼 입고 오신
시월 달빛에
더욱 몽골 몽골 빛나는 너.

궁합

바다의 품에 꼭꼭 숨겨놓은 골뱅이
돌 바위 솥단지 걸어 놓고
짭쪼롭하게 바닷물 익어가는 냄새
뽀얀 분 포실포실 강원도감자 껍질 벗겨가며
김치 한 가닥 척~ 걸쳐 먹던

바닷내음 철석 궁합의 소리
하늘과 바다가 맞닿은 조화의 소리

자맥질하는 동생 손에 성게 멍게 잡아
친화적 우리들의
때 묻지 않은 자연주의 피서지

영원히 그 푸른 카펫 위에
장구치고 고동 불며 춤추어
* 클라우드 위에 오르락 내리락
동심의 자락   천금인들 바꾸지 마라.   * 구름

그림에 떡 하나

온다는 소식만 들어도 몇 밤을 설레다

이삿짐 따라가지 못한 몽당연필 하나
오빠 연필 슬쩍 훔쳐 벽오동 동그라미 낙서하던
막내 손에 놀던 몽당연필 소복이 쌓인 먼지 속에
훌훌 창창 떠나버린 빈방 우리 둘만 남았네!

허기진 정 등짝 덮여주고
카드빚에 쫓기던 올챙이 가슴 부자인양
연년생 태어난 고것들 안고 비비던 고 뺨들이
밤마다 만지 작 그리워진다

무슨 꽃 피우고 갈까
휑하니 왔다 휑하니 바람 쓸고 가는 건 아니겠지?
스마트 폰 마술에 걸려 각방 독거하다
올 때 반갑고 갈 때 더 반가운
그림의 떡 하나 그려야겠다.

도라지꽃

토담집 뒤란에
피어나는 도라지꽃
보랏빛 애정 어린 어머니가 보인다

꽃술에 이슬 맺힐 때
잠 깨우던 목소리도 들린다
초연히 장독아래 기대어 피어난
보랏빛 적삼 입고

항아리 열면 장맛
달큼한 그 맛 엄마 전신이었지.

나의 고향 나의 바다

어느 날 수런수런 동네 바람 요란하다
그 바람 놓칠세라 달려 나가면
해안 밀려든 양미리 떼
은빛 바다 낮과 같이 밝기만 하다

나 어릴 적 놀던 고향 바다
뱃머리 맴도는 갈매기 울음에
어머니 빈 젖무덤 더듬으며 잠들곤 했지

줄줄이 태어난 동생 등에 업고
진수進水배 띄운 부두에 나가면
호이 호이 어여쁜 아가씨 빨간 립스틱
물그림자 흔드는 파도였다니

저만치 육중한 유람선 바라보던
등대 언덕 올라앉아
미지의 세계 꿈꾸었지

떠날 거야 나는 떠날 거라고
소리치던 그 바다
동여 메는 고향 밧줄에 다시 돌아오다니,

문어

통발 속 작은 유혹에
어판장 바닥 내동댕이치고
"값 좋다 어매 맛있는 거"

물살 휘젓는 해초들
나 기다릴 터
바다를 유영하던 고향 숲 그립다

육지는 죽음의 땅
기어가는 모가지 우직한 손에 비틀어
내 모자 홀떡 뒤집어
어판장 바닥에 내동댕이쳐 버린다

저들 마음대로 몸값 흥정한다고
슐라, 슐라, 그게 경매라나.

송편

슬하에 자식 먼저 떠나보내고
늦은 밤 둘이 앉아
조물조물 송편 빚는다

검정콩 깨소금 녹두 계피 속 넣어

요술 같은 손으로
반달도 뜨고 둥근 달도 뜨고
주마등같은 인생 달 뜬다

솔솔 허연 김 오른 송편
고봉 한 접시
봉산 우에 걸린 저 달빛 담아 보낸다.

˚ 2014년 지하철 신도림역에 게제
˚ 제 3회 세계한글작가대회 기념 대표작

영랑 호숫가에서

경중경중 앞서가는 저 젊은이
급한 맘에 나도 덩달아 뛰고 싶다만
헐떡거리며 버거운 심장
"뛰지 마세요. 주인님!"
"아니, 오금이 떨어지지 않아"

가을바람 분다고
단풍 구경 간다던 영랑 호숫가에 서서
떨어지는 낙엽만 바라보다
나도 저렇게 가고 없으리.

외출

떠나지 않으면 경험할 수 없는
현실에 매료되지 못하는 정서적 무감각이 올가미
가 되어 삐거덕거리는 마차는 멈추지 않았다.
냉혹한 바람 맞으며 일어서기까지는 긴 시간이 걸
렸다.

빛을 받으며 이륙하는 비행기는 **TV**속 그림의 떡
출렁이는 공항 인파들 우리 가정에는 별난 풍경일
뿐이다.
물레방아 빙글빙글 쳇바퀴 굴리며
칠십 나이가 된 남편의 늘어진 어깨, 여행이란 생
각조차 할 수 없었다.
세월의 수레바퀴는 그렇게 … 아니! 그렇게 흘러
갔다.

2017년의 추석 연휴는 우리에게 특별한 휴가,
자유 할 수 있는 날개 달아준 절호의 찬스였다.

그러나 남편은 가지 않겠노라고 한다.
펼쳐보지 못한 삶이 그를 가두어버렸다.
넓은 세계를 펼쳐 놓으시고, "보라" 하시는 하나
님의 섭리를 누려야 할 가치를 잊어서는 안 된다고
"나도 알아요! 하지만 어디 마음대로 되나요?"

십년을 같이 울타리 안에 살던 출가한 딸,
성직자의 아내로 사역 지를 찾아 떠난 아이들 웃음
소리가 우리 부부만 남겨두고 떠난 빈집에 네방골
묻어난다.
칠순을 보내고 소리 없이 피어나는 검버섯 핀 얼굴엔
잘 자란 사철 봄 같은 손주들이 성큼 자라 있었다.

대학생 큰 손주, 고등학생 둘째, 중학생 셋째 아
이들과 미서부 여행을 계획하고 인천공항에서 만
나 출국자 대열로 들어간다.
여행보다 귀중한 꿈을 만들어가는 화선지 위에 그
림을 그리는 듯, 미래를 품고 세상을 마음껏 펼쳐
날개를 달아주고픈 여행이다.
너희들이 태어나 누린 기쁨을 이제 보답하는 마음
으로 세계 속에 존재 의미를 심어주고픈 건

"너희는 사랑받기 위해 태어난 사람."
대학생 손주의 영문학과 학생답게 영어로 할머니
할아버지 스폰스sponsor 역할하고 든든한 동행이
었다.
일행 중에 아들며느리 손주 삼대가 온 가족
사위, 딸 장모님 모시고 오신 분, 혼자 오신 칠십
지난 어르신 초등학교 아이들 데리고 온 젊은 부부
그중에 우리 외손주 손녀 셋과 함께한 가족
역시 한국적 울타리 문화는
멀리 이국땅에서 펼쳐진 추석명절이 세계 속에 보
기 드문 대한민국 관광 비명이었다.

출발부터 삐그덕거리던 당신은 그랜드캐니언 장
엄한 계곡을 품은 듯
바위위에 맘껏 두 손 들고 환호하는 극적인 장면이
살아온 칠십년을 가두어놓았던 포효하는 몸부림
인가? 참 잘 왔다고!
여행지 가는 곳마다 셀까로 흔적을 남기는 추억
담기,
요즘 아이들 할머니 할아버지랑 다니기 원치 않는
다고 부러움도 칭찬의 일색! 잘 길러준 딸과 사위

가 동행하지 못한 아쉬움이었다.

요세미티 국립공원에 증기기관차는 성조기와 태극기를 달고 역사 깊은 레일 위를 달린다.

숲속에 동화 속 요정들이 사는 집 인 듯 아름다운 요세미티 예배당 대자연의 웅장함도 살아생전 꼭 와보고 싶었던 엘케피탄 웅장함 우리교회 영상을 그곳에서 볼 수 있어 배경사진으로 남겼다.

아름답기로 유명한 페블비치 해변을 지나 덴마크마을 솔뱅 그곳의 안데르센 공원 옆 예배당에서 뎅그렁뎅그렁

그 어릴 적 듣던 뾰족한 탑 위에 종이 울린다.

낭만의 도시에 매료된 아름다운 풍화 또 다시 그리웁다.

덴마크마을 솔뱅,

라스베가스 다운타운 **LG** 전자 쇼는 자랑스런 한국와〜 놀라운 감탄사가 연발 흘러나온다.

샌프란시스코 금문교 붉은 다리 아래 유람선 따라 악명 높은 알카트라즈 수용소는 박물관으로 옷 갈아입고 음흉한 담장 아래 풀꽃 눈물 꽃이라고 불러주랴

금문교아래 깃털 하나 둘 내려앉는다. 방황하는

영혼들 멈추어진 시간 그들은 왜? 그곳을 선택했
을까? 유유히 바다위로 하늘위로 평화롭기만 하지
만 …

다 담북 담아 오고픈 미서부 광활함 어찌 다 표현
하리요.

"할머니! 잊지 못할 추억이에요."
다시 가고 싶은 여행이라고!
아이들은 어릴 적 일본여행이레 두 번째 추억 만들
기였다.
더욱 학생의 힘든 초월적 경쟁을 속박당하지 않는
너희들만의 세계를 펼쳐 나아가길 바란다.

생애 첫 외출을 손주들과 실낙원 할리우드 명예의
거리 별들의 보도 불럭을 밟아보고 온 발자취
십년 여행수첩을 들여다보는 당신은 팔십 세에도
달리고 싶은 속내를 들켜버렸네요.

탯줄
-농민문학 100호 기념에 부쳐 -

아득히 멀어져 간 별들
슬며시 찾아와
희죽 희죽 혼자 웃고 있다

매화꽃 피는 첫사랑
농민문학에 씨 뿌려 놓고
할미꽃 피는 능선마루
바람 안고 글을 쓴다

흙에 글 쓰다
발바닥으로 문질러 사라져간 별

흙에 탯줄로 양분 채우던
아침의 노래가
진실한 토지의 꿈 이루는
농민의 씨받이 야망의 음조는
어둠을 밝히는 민중의 향불되리.

형제의 난亂

환갑 지난 동생 머리에도
하얀 서리가
반듯반듯 쓸어 놓은 시루떡
＊ 작기장 찢어 둘둘 말아
앉은뱅이 책상 밑에 니꺼 내꺼 감춰놓고
형제의 난亂
세평 방 안에서부터 시작이다

바람처럼 떠나신 어머니는
언제나 맑은 하늘 그리움 하나

뜨끈한 시루봉 떼며
솥 단지 한 바퀴 돌리던 그 손
시루떡 훔쳐가던 자식들은
여기 이렇게 세월 줍고 갑니다.

＊ 공책

사 랑 은 발 자 국 소 리 를 듣 는 다

5부 ‖ 사랑은 발자국 소리를 듣는다

그분이 예수여!

아프냐?
얼마나 아팠느냐?
그 음성 바람처럼 살며시 어루만져
많이 아팠느냐 물으신다
스물하고 다섯 번 이사 봇짐 속에 내가 있었니라
꼭꼭 묶여 나도 아팠니라

좁은 길
이마에 주홍 글씨 새겨져 가는 길
내 혼이 투시되어 예수의 피 투석 받은 날
나는 모른다 그분이 누구신지
볼 수도 없고 만질 수도 없는 그분 음성
너는 내 것이라고

밤이 맞도록 우셨던 예수여!
어느 골방 우는 자의 친구 되신 예수여!
소낙비 쏟아지는 날

기다린 듯 우레 속에 내 가슴 묻어놓고
많이 아팠다고

갈보리 십자가 찬송 들으며 집안 가득 모셔 들여
아침을 사는 복
그 분이 예수여!

기도의 씨앗
- 김요석 목사님 -

독일에서 학문을 소유하신 신학자 김요석 목사님
고국으로 돌아가라는 하나님의 뜻을 따라 20년 지
난 고국은 이방인처럼 낯 설어 갈 곳 이 없었다
하신다
전남 영암군 도포면 영호리 주소를 받아들고 찾아
간 그 곳
놀라고 놀라웠던, 또다시 이방인처럼 낯 설은 분들

얼굴의 광채는 하나뿐인 딸에게 빛으로 오셨으니
나환자 할아버지 할머니들과 모여 떨어져나간 손
마디 맞잡고
따님을 위하여 기도드린다는 사랑의 편지
그 사랑 금으로 바꾸랴 은으로 바꾸랴
기도 씨앗은 성직자의 아내로 열매 주시고
좁은 길, 십자가의 길, 세상이 줄 수없는 축복의 길

중국 대륙 저 멀고 먼 오지에서 버림받은 영혼 한

센 환우를 섬기며
사랑의 정병 되어 길 떠나신 김요석 목사님!
하늘로 떠난 할아버지 할머니
여기는 천국이야! 아픔도 눈물도 없는 곳 저벅저
벅 걸어 나오신다
환히~밝은 미소로 …
편지함 속에 미소 지으며 걸어 나오신다.

내 가슴에 핀 꽃

앞산에 봄이 올라나
매서운 바람 나뭇가지 사이로 휘휘 젓고 가도
올 것 같지 않은 달래야, 나리야
이 겨울 지나 봄이 올라나

대한민국이 가슴에 꽃피운 건
어릴 적, 미 군용차 따라가며 건빵, 쵸콜렛 얻어먹
었지!
학교 분유 배급타서 밥솥에 쪄서먹고
날아온 구제품 타러 줄서서
하이힐 한 짝 받아들고 찔끄덕 찔끄덕
오리걸음 걸으며 웃던 그때

아~ 그렇구나
눈깔사탕 하나 입에 물고
달달한 한 방울 땅에 떨어질라
하늘 쳐다보고 목에 걸려

노란 하늘에 올라갈 뻔했지!
아ᄂ자유 대한민국
김포가도 휘날리는 태극기 아름다운 우리나라
강 건너 휘장처럼 드리운
푸른 들 푸른 산야 무리지어 나는 새를 보라

먹물 속에 갇혀 허우적 울고 가는 대한문 태극기가
여기, * 요세미티 국립공원 달리는 증기기관차
성조기와 나란히 태극기 휘날린다
원더풀 코리아! 코리아 원더풀
내 가슴에 핀 꽃 대한민국이 여기에 …

* 미국 켈리포니아 주립공원

두물머리 눈물

양수리 연꽃 보러 간다더니
또로로 떨어지는 빗방울
그는 울고 간다

새 각시 첫날밤 불꽃처럼 타오른
눈물 받쳐 님 떠나보내고
언제 이별 언약식
무지개 피우랴 울지 말라 했더냐

아니 오는 길 모르는 건 안다만
이 물줄기 무어냐고 맘껏 쏟아놓은 눈물
험한 다리 걷자고 손잡고 가던
그대,
고독한 날 벗이 되어 주려나 노년을 기다렸다

나 홀로,
연꽃 길 온몸으로 안고 걷는다.

모자라는 사랑

사랑을 배우기 전 아픔을 보았고
사랑을 알기 전 눈물을 알았고
고요를 얻기 전 풍랑 치는 비바람을 맞았다

어느 날부터
고장 난 나침반 멈추지 않는 진동은
살려 달라고
죽음의 문턱에서 손 내밀어
깨어지고, 부서지고
마구, 마구 망가져 살려달라고

누구를 사랑하기보다
날 사랑해 달라고
울고 있는 아이가 있다.

불화살

꽃송이 나래 펼 때
나뭇잎 엮어 왕관 씌워 주려는 젊은 학도
사랑하는 님 영혼의 불 붙여
꽂히지 않는 불화살 비를 적셔 보내고
강화도 전등사로 떠났다
가랑잎 굴러다니듯 잊으려도 잊혀지지 않는
쏟아지는 가을비 젖은 눈빛
님의 병상에 한권의 책 '샘터'
고요히 눈물 뿌리고 가버린 사랑아!

사랑은 발자국 소리를 듣는다

절해고도 아닌 도시의 변방
나지막이 동산이 있고
현충지 그늘 막 고적한 정자 아래 은휼恩恤이 흐른다

하얀 국화꽃 한 아름 안고 걸어오는 발자국 소리
봉우리 못내 피운 나의 젊음
오시는 발걸음 들으며
나라의 꽃이 되겠습니다.

선물

할머니 생일 축하해요
은호는 할머니 생일 뭐해 줄 거야?
음~ 음~ ~
단풍잎 하나 선물할게요!

고사리 손으로 동심을 줍고
할미는 세월을 줍고

할머니! 단풍잎 너무 이쁘지요?
그래! 누가 만들었을까?
하나님이요!
바람 속에 계신 데요

야곱의 축복 너에게로 …

젊은 그대여!

쉬~ 떠나버릴 사랑
정열의 루비처럼
추억의 등불 밝히는
거리의 젊은이여!

에스컬레이터 타고 가는
앵무새 사랑
빛바래지 않은 열병에
불태우는 정열의 꽃이여!

여름 숲은 쉬~ 물러가나니
가을볕 알알이 익어가는, …

아침을 화~알짝 피우는
무궁화 꽃 세레나데
사랑 꽃 피우세요 젊은 그대여!

자연에 살다가요

태초에 바다와 하늘의 푸른 형상
원초적 맑은 영혼의 * 소울疏鬱

비틀거리는 스마트 폰 세상
망각의 강 건너
점령당한 자연의 소중한
어린 순마저 산성비 맞으며 시들어간다

뿌리 들고 물오르는 소리 귀 열어 오시오
저 멀리 오는 손님 자연이 오시오
살렘~

진달래 개나리 초록 물들이는
삼색 언덕에 원천을 옷 입고 피고 지는 날
이산 저산 산새들 노래하리라
그렇게 우리 자연에 살다가오.

* 소울: 답답한 마음을 풀어헤

6부 ‖ 말 발굽소리 요란하다

말 발굽소리 요란하다

섣달그믐
마지막 제야의 종 울린다고

어라 ~
남도에 봄 오는 소리
봄동 입맛 돋우라고
시방 매화가 춤바람 났네!

정신 줄 놓은 나라
북에서 남으로 칼춤 추고
성글지 않은 꽃 떨어지는 소리

글쟁이가 나랏말도 모르는 게, 시를 짓는다고
황토 이기어 벽 바른 산촌에나 들까보냐
＊ 이명 소리보다 더 시끄러운
섣달그믐
또 달력 넘겨야하나.　　　＊ 귀속에 귀뚜라미소리

빛바래지 않는 우리 우정

여유로운 시간 편지함을 열었다
너 그리워~
열다섯 소녀 펜팔로 만나 우리 인연 노사연의 노랫
말처럼 '우연이 아니야'
오십년이 지나고 어느 듯 칠십을 바라보며
늘 소중한 편지 속 너와 나 우정은 깊어만 가고
잠시 사느라 소식 두절 되었지

20년 전 우리다시 펜팔로 중년의 꽃을 피웠지!
자연을 엑기스로 봉합하여 날아온 편지 문득 문득
제주에 날아가 밤 맞도록 살아온 이야기 쏟아놓고
싶었다
한자 한자 써내려 간 글 속에 피어나는 사랑 꽃
세상을 맑고 깨끗하게 정화시키는 어쩌면 착한 마음
반딧불 같은 친구야!
옥구슬 구르듯 주옥같은 글 온통 꽃밭이었지
순수한 정신세계 자연이 꿈틀거리는 한 폭의 그림

그리 듯
영혼조차 소중히 간직하고픈 친구를 그래서 더욱
잊을 수 없구나
가슴이 따스한 너와 맺은 우리 우정 무르익어 갔지

떨어지는 별똥별 맞으며 밤바다 철썩거리는 파음
波音 속 너와 나
제주의 밤 보내자고 푸른 솔숭松 아래 거닐며 산책
도 하고
가도 가도 아름다운 그곳에서 우리 별난 우정 꽃
피우자고
그래! 고요한 벗이 그리웠지 아픔을 쏟아놓고
떨고 있는 나를 맡기고 싶었지!

아픔의 몽돌 빚느라 세찬 물살에 매를 맞으며
고난의 극치에 몸부림치며 죽음까지 생각했던 나
락의 삶이었지
주님 아니면 갈 수 없는 귀로에 오직 예수님 안에
오늘이 온 거다
그토록 아름다운 제주 그곳에서 현실을 벗어나 몇
날을 지내고 싶었지

92

일가친척 다 떠나고 먼 이국땅으로 이민이나 갈까
우리부부는 외로운 싸움 견디며
고난의 쓴 뿌리 인내로 하루하루 걸어가야 했지
철길 위에서
제주로 놀러오라는 손짓도 피하고 …
그러다 너와나 합정동에서 흰머리 날리며 우리 첫
만남 서로 알아보았지!
그렇게 우리는 아름다운 연극을 하며 작은 카페에서
낭랑한 시낭송은 지금도 청량감 넘치는 물소리 같
구나

이렇듯 50년 펜팔로 이어올 수 있었던 우정은 편지
였다
마음의 교류와 우표를 붙이는 침 바른 사랑이었지
빛바래지 않은 우리 우정
오월 장미보다 아름다운 할미꽃 연가 부르는 날을
기다리며, …

아마도

겨울 바다에 유리 파편처럼 쏟아놓은 햇살
이국 땅 찾아가는 육중한 유람선 따라

아마도 내 어머니도
장대에 걸린 보석 주워 담아 바다에 쏟으려다
머리 이고 하늘로 가셨나보다
아무리 생각해도 그리 가실 리 없는데

* 대가실 언덕 댓잎 소리 요란 할 때
저 멀리 하늬바람 등에 업고
파도는 허연 포말처럼 가려는 가
밀려가는 파도가 앗아갈까
미역 줍던 장대는 하늘 닿아 내려올 줄 모르네.

* 울진 죽변 등대

94

아메리카노 향기 속으로

따스한 봄날
어린 손주 마주하고
생크림 와플 달콤한 맛
아메리카노 향기 속 조용한 카페

계간지 펼쳐놓고
알알이 들어있는 작가들 춤추는 붓대 위로
잠시 권태로움의 일탈

* 악마처럼 검고, 지옥처럼 뜨거우며
천사처럼, 순수하고
사랑처럼 달콤한 커피

전선에서 유래된 아메리카노 신의 음료
아메리카노 향기 속으로 …

* 프랑스작가 샤를르 탈레랑

아우성

저~ 언덕 정수리
'시' 밭에 나가볼까
복더위 꼬꼬닭 잡아먹고
더위 사냥 잘 마쳤다고

가고 없는 더위보다
더 고독 하다고
바람 맞으려 산으로, 들로, 바다로,
아우성,
무조건 떠나보자

저 언덕 정수리에 가면
쏴 ~
파도의 꼭지 점 고독을 날려 볼라나
또 다시 찾아오는 목마름
석양은 지고 있는데.

연 날리는 아이

아이는 연이 되고 싶다

구름 지나는 가을 하늘에
아저씨!
"내 연이 제일 높이 날아요."

어쩜,
엄마 떠난 그곳에 가고 싶어
연이 되어, 가오리 연이 되어
아이는 연이 되고 싶다
구름처럼

그래!
키가 커거들랑 훨훨 가슴 열어 놓고
하늘로 날거라 아이야!

나도 연이 되고 싶은데!

어정 인서록 御定人瑞錄
- 정조 18, 왕실의 장수 경축서 -

종로 3가 환승역 노인 천국이다
전철자리 젊은이 나마 밀어낸다고
보청기가 열려
나지막이 나누는 미학이 사라진 그림자
호로몬 자연사 되신
* 태배예치 鮐背鯢齒

어디 꽃구경 소요산 가시나요?
오늘은 온양 온천 가시나요?
공짜표 달랑 들고 길 나선다
하얀 팝콘 터지듯 우르르 쏟아져 나온다
이리 틀어지고 저리 굽은 허리
약령시장 그곳에 가면 만병통치약 장수비결 풍자
도 있다고 혼자서 훔쳐보는 나도 칠십인데

1794년 9월 24일
어정 인서록

98

정조대왕 편전에서 받으시니

70세 이상 80세 이상 부부 해로해 작위 하사하니

장수한 노인들 태평성대 훌륭한 일이 되기에 충분
하다

아들 손자 증손자 현손자들 겨드랑이를 붙잡아 부
액을 받으며

허리 굽은 노인들 앞에서 이끌고 질서 정연하니
매우 장관이다

정조의 인서록 임금의 거룩한 효심.

* 2018년 5월 10일 조선일보(태패예치) 게제

* 태패; 복어등 의 반점

* 예치; 고래 이빨 같은 뾰족한 앞 이빨

첫차

팝콘 터진 듯 쏟아놓은 도심 정유장
좁은 길 걷는 사람들
달려오는 헤드라이트 불빛 받으며
첫차를 타야 하루를 산다

빌딩 청소부 고단한 하루를 싣고
모자라는 잠 깨워주는 이웃집 아저씨 같은 기사 분
서대문 사거리 꺾어 사대문 안으로 들어간다

중년의 용기는 눈물 값으로 얻어놓은
서민의 꽃차

금수저 국회의원님들 첫차 타 보실래요
장관님들 첫차 타 보실래요
놀라운 꽃망울 터지는 행복버스
사막의 꽃 보러 오셔요.

(70일 특별새벽기도 가던 첫차의 풍경 ‖ 서오능에서 이문동)

천형의 벌 아니올시다
- 소록도 -

오늘도 흐느낌 잦아든다
예수 동상 아래 피 웅덩이
아무도 몰래 흘린 눈물
＊제비선창에 뿌려놓은 핏방울이지
푸른 하늘 이름 세기고 푸른 바다 마음 적시어

＊단종대 위에 울던 청년의 애곡哀曲
나는 나를 저주하다
보리피리 불어주던 한하운 님의 필릴리 필릴리리
나는 나는 문둥이가 아니올시다

시인은 피로 얼룩진 바다에
멍멍한 가슴 적시다 그 바닷물 손바닥에 보듬어
차창가 새겨놓은 한마디
천형의 벌 아니올시다 아니올시다.

＊제비선창: 소록도 선착장
＊단종대: 일제 만행으로 거세당한 수술대

왕의 길
- 페트라 -

장엄한 협곡 * 페트라
고대 아랍계 유목민 나바테아인 왕국
알카즈내 신전 파라오 무덤 시크 카즈네피라움
바람의 언덕 걷는 사람 만원이다

춤추는 석공들 손 그림자 따라
원 달러 원 달러 손 내민 소년의 외침
서녘 발길 끓어지면 웅장한 바위산은
이승을 떠난 영령들 울음 침묵 속 잠수 할 듯

잊혀진 망각의 도시
눈으로 본 바요 가슴으로 채워진
에돔 왕국의 수도 침묵의 물줄기는
모세와 이스라엘인들이 이집트 땅을 떠나
약속의 땅으로 향하던 '왕의 길'

야생의 풀꽃 같은 내가

붉은 장밋 빛 페트라
미래를 가는 장엄한 협곡의 과거를
마중 물 넣어 펌프 질 하겠느냐.

* 페트라: 요르단 나바티안 왕국의 수도

그분이 오셨습니다

누구신가요?
오신다는 소식도 없이 잘 차려놓은 밥상도 없는데
집안 청소도 해야 하고 그릇도 닦아야 하는데
오물 가득한 빈집에 그 분이 오셨습니다

머리 위에 숯불 활활 타올라
막힌 담장 안에 홀로 울고 있는데
그분이 오셨습니다

당신은 누구신가요?
구름 속에 오신 그분 뒷모습만 보여주신 당신은,

'예수를 믿으라' 그래도 예수를 믿으라'
홀연히 사라지신 그분 음성 듣는 날
나는 죽었고 나는 살았습니다

담장 안 죄수보다 내가 죄인인 것을,

7부 ‖ 지금 어디서

기안문서

효도를 배우기 전
훌쩍 바람처럼 가신 빈자리

꺼져가는 육체 끌어안고 마지막 그 말씀
마디마디 관절이 아파오면
부모님 등걸이 그리운 밤

한해 건너 아홉 번
다섯 번째 빨간 고추 새끼 꼬아
금줄 달던 아버지 손
아궁이 장작불 피우시며 흥겨우신 아들 복
달빛 등에 업고 네 방골 돌고 돌아 천년을 살고
지고, 주춧돌 위에 기안문서 새겨 놓고

마지막 남기신
"네가 다시 일어나는 것 보고 가야 하는데,"
부모 마음 찡~하니 울림이 연다.

길

막다른 길 만나면 돌아서 걸어보자
그길 또한 막다른 길 만나면
눈을 들어 하늘을 보자
그곳에 길이 있어
날지 못한다 말하지 마라

막다른 길 만나면 돌아서 걸어보자
그길 또한 막다른 길 만나면
눈을 들어 바다로 가자
그곳에 수평선 맞닿은 곳
시작과 끝이 있으리라.

요즘 아이들

엄마!
정빈이 엄마는 천사에요
오늘은 학원 가지 말고
친구와 놀아도 된데요

우리 엄마는 언제
천사가 될까?

엄마들은 다 천사야!

너와 나 우리 하나

안녕!
하고 떠나온 아부다비 공항
지구 반대로 날아갔다 돌아온 이들
다시 손짓하여 오라한다

＊사막 내려앉은 불타는 도시
열도의 광활한 대지에 터번 쓰고
어깨 위 팔 걸어놓고 피식 웃는 선량한 사람아!
너와 나 우리는 하나

노아 홍수 고페르 방주 타고 살아온
너와 우리 하나

얼룩진 종족 피 역사의 발자취 지중해 끼고
황무한 삶을 사는 베두인 다시 오라고
너와 나 우리는 하나.

＊요르단 와디럼: Poetry Korea(Volume5.Winter.2016)게재

우물가에 여인처럼

가난한 영혼이 노래 부른다
가난한 영혼이 악보를 쓴다
* 우물가에 여인처럼   * 복음송

시를 읽는 사람은 부자로 사는 거
시를 쓰는 사람 부자로 산다는 것
하늘을 품고 땅을 사서 시를 짓는다

가난한 영혼이 그림을 그린다
푸른 하늘에 붓대를 휘날려
무지개를 꺼내어 산천에 뿌려놓고
새들아 노래하라
가난한 노래 부르며 숲길을 거닐란다

하늘이 우레를 치는 거
땅이 지진을 치는 건
모조리 재가 되어 사라질 거
오늘 우리 모두 가난한 노래 부르자.

일기 쓰는 이유

바다 위에 떨어질까 지켜보던 그 밤
우수수 떨어지는 저 별들

산다는 건 죽어가는 것
산다는 건 하늘을 사는 것
하나님 기침 한번하면
천지가 불로 심판하는 것

어린 풀꽃 짓이겨 놓고 달아나 버린
봄이 오면 다시 피어나는
풀꽃만도 못한 지렁이 같은

산다는 건 죽어가는 것
천국과 지옥이 갈라지는 그곳
날마다 일기를 쓰는 이유.

인습의 뿌리

태어날 때 문둥이가 아니었습니다
서러운 불청객 찾아와
이름 석자 날아가 버린
사슴 섬 소록도에 들어온 건
내가 아니요 문둥이었습니다

고향 떠날 때 종이에 고이 한줌 흙
그것이 내 고향입니다
부모도 형제도 동구 밖 뛰어놀던 친구도
푸른 들 그 언덕 논두렁길도
가슴 깊이 안고 왔습니다
이곳에 살과 피를 묻으라 하니
그때 다 같이 묻으려합니다

어머니 탯줄 떨어질 때
이쁘다고 쭉쭉 물고 빨던 손가락
마디마디 뚝뚝 떨어져

바람 견디지 못한 고목 아래 잘 묻어두고
그 바람 편지
아? 어머니 아버지
나 오늘 한센 이름으로
천만분의 일도 표현할 길 없는 시편을 보내드립니다.

(계간 <PEN 문학> 2017년 게재)

지금은 어디서

땡그렁, 땡그렁 산골에
겨울방학 속 침잠沈潛된 아이들 찾아
"기쁘다 구주 오셨네."

고개 너머 저 언덕 너머
따끈한 구들 짝에 모여 앉아
보석처럼 빛나는 이쁜 녀석들

오늘같이 함박눈 내리는 날이면
그때가 그리워
그런 날 내게 있었던가

그래!
이름 없는 작은 풀꽃 향기
산촌에서 온다지
눈 내린 산길 걷던 아이들 지금쯤
사랑 나누고 살겠지!

진실

그 사람을 알아 가기에
모르는 것 너무 많아
이젠 그만 만날 거라고

다시 잡은 손

자식 나이 마흔 넘도록
북북 옥양목 찢는 소리
이젠 그만 돌아서자고
물위에 낙서해 띄우면

송사리 때 뽀끔뽀끔
"거짓말이야, 거짓말이야."
그래! 거짓말이야
사는 게 다 그런 거지.

침묵

한 발짝 두 발짝
가족이라는 이름표 가슴에 달고
뚜벅뚜벅
늙어가는 아내와 …

바짝 마른 겨울나무 새들은 떠나고
딱, 딱, 딱따구리 부리 쪃는 소리
적막한 산자락 그래도 반가운건
신음하는 숨소리 너라도 아누나

사닥다리 위에
하얀 보자기 걸어놓고 오르고 또 오른다
검은 발자국 하나 또 하나 지워나간다
아픔도 눈물도 없는 그 곳으로
사나이는 말이 없다.

무일푼으로 천국을 샀다

양수에서 놀던 열 달의 천국
무일푼으로 천국을 샀다

세상 죄를 지고 가신 어린 양의 뒤를 따라
무일푼으로 천국을 샀다.

사랑은 발자국 소리를 듣는다

절대자에게서 얻은 기쁨, 인류를 염려하는 사랑의 시

동시 시인 · 문학박사 ‖ 신 현 득 ‖

1. 순국은 사랑 중의 큰 사랑

시집『사랑은 발자국소리를 듣는다』는 허진숙 시인의
칠순 인생을 담은 시편의 그릇이다.

거기에는 시인의 인생이 놓여 있고, 시인의 신앙이 놓여
있다. 시인의 여정이 놓여 있다. 나이가 들면서 시인은 자
기가 얻은 이 좋은 것들을 후손과 후배들에게 물려주고
싶은 것이다. 물려주는 이것을 잘 지니도록 타이르는 목소
리가 시의 전부다.

그 일에는 자기의 신앙을 보여주는 일이 우선이다. 시편의 그릇 안에는 신앙에 대한 많은 것을 녹여 두었다. 삶에서 얻은 많은 깨달음을 시편 안에 심어 두기도 했다. 순수한 동심을 여러 곳에 형상화해 두기도 했다.

가난을 이기고 살아온 이야기가 있다. 카톡처럼 편리함도 좋지만, 너무도 자연을 훼손하고 있음을 염려하면서, 그 염려를 시편 안에 놓아두기도 했다. 역사의 교훈을 거울삼으라는 말을 시구에 곁들여 두었다. 선조들이 잘해 주었기에 오늘의 우리가 있음은 많은 시구에 담아 두기도 했다.

이제 나이가 들고 보니 후손들 후배들이 알아둬야 할 것이 너무도 많이 눈에 보인다. 생활이 시의 바탕이라는 것, 건전한 생활에서 건전한 시가 생산된다는 것. 그것을 보이기 위해 이들 시편에서 우스갯말로라도 허튼소리 한마디를 끼우지 않았다. 제호의 시를 살피자.

절해고도도 아닌 도시의 변방
나지막이 동산이 있고
현충지 그늘 막 고적한 정자 아래에 은휼이 흐른다

하얀 국화꽃 한 아름 안고 걸어오는 발자국 소리
봉우리 못내 피운 나의 젊음
오시는 발걸음 들으며
나라의 꽃이 되겠습니다.
≪제호의 시「사랑은 발자국 소리를 듣는다」전문≫

120

사랑의 시다. 사랑은 사랑이기 때문에 귀를 열고 있다. 사랑이 귀를 연 곳은 은휼의 사랑, 그 모임 처인 현충사 사병 묘역이다. 사병은 나라 위해 젊음을 바쳤다. 어느 사랑보다 내 젊음을 바친 사랑이 크다.

사랑이 찾아오는 발자국 소리를 듣는다. 절개의 꽃, 흰 국화를 안고 걸어오는 발자국 소리다. 고마움, 그 위에 위안의 뜻을 놓아서 젊은 영현 앞에 놓일 흰 국화다. 청춘의 꽃봉오리를 피우지 못한 채 산화한 사랑의 실체는 그 꽃을 받아 안을 것이다. 그리고 나라의 꽃이 된 긍지를 느낄 것이다.

시인은 시구 사이에 '네 손가락 하나를 찔러봐.' 하는 말을 숨겨뒀다. 손가락 하나 찔려도 고통이 크다. '팔 하나를 자른다면?' 하는 말은 그 뒤에 숨겨져 있다. 팔을 자른다면 대단한 고통이요, 두려움이다. 그 뒤에 '네가 이 용사처럼 한 목숨을 바칠 거라면?' 하는 말이 놓여 있다. 그건 그건 정말 힘 드는 일이다.

그래서 나라 사랑이 크다는 거다. 목숨이 따르는 사랑이니 크다는 거다. 그래서 나라 사랑을 전체 시의 제호로 한 것이다.

형제의 영현이 현충원에 같이 묻힌 <호국 형제>의 시구에는 장하다는 찬사를 거듭하고, '나라의 영광, 가문의 빛'이라는 찬사를 바치고 있다. 이 수난을 뿌리부터 일깨우는, <또 다시 잊지 말자 6·25>는 오늘 이때에 가장 바르게 알아들어야 할 외침이다. '또 다시'라는 강조사를 둔 이유를 알아야 할 것이다.

육이오의 탄흔이 그대로 남아있는 파주시 문산읍의 독개다리를 형상화 한 <전선의 그 꽃>을 살피자. '철조망 아래 벗겨진 철모는 어느 병사 고향이던가?'하고 묻고 있다. 전선의 꽃이 철모 아래에 고이 피어, 머리 숙여 추념한다고 시의 흐름을 잡아가고 있다.

여기에 조국 사랑의 열사였던 윤동주 시인의 마지막 눈물을 테마로 한 「마지막 흘린 눈물」이 있다. 윤동주의 생가인 연변의 명동 툇마루에 앉아서 윤동주 열사가 옥사한 후쿠오카의 붉은 감옥의 거리를 추적하니 열사가 조국을 근심하며 마지막 흘린 눈물이 보이더라는 거다. 그 눈물방울이 무궁화 꽃이더라는 것이다.

이 모두가 허진숙의 시구에 놓인 사랑이요, 사랑 중에서 큰 것이 나라 위해 목숨을 바친 순국이 꽃이다.

2. 주님의 손길에서 내리는 사랑

허진숙 시 전체의 모티브가 절대자를 향하고 있다. 허진숙의 생활이 곧 신앙이다. 그래서 본 시집 대문 쪽에서부터 신앙시를 앞세웠다. 당신께 가까이 가고 싶은 신앙 고백을 한 것이 첫머리의 시 <괜찮다 하신다>이다.

여기서 새소리 바람 소리 어우러진 속에서 '괜찮다.'라는 세 번의 계시를 듣는다. 분명한 주님의 음성이었다. 이것이 큰 시이며 큰 사랑이었다.

외국 선교사 묘역에서 얻은 시편 <양화진의 봄>에는 박해를 등에 업고 선교에 힘쓴 역사가 담겨 있다. 사랑이었다. 김요석 목사 일대기를 형상화한 시편 <기도의 씨앗>이 있다. 나환자의 떨어져 나간 손마디를 맞잡고 사랑을 실천했다.

약속의 땅을 찾아가던 모세의 길 페트라 협곡을 가슴에 채워본 것이 「왕의 길」이다. 그리고 울아버지와 예수님을 같은 배 짓는 목수에 놓고 견주어 보았다.

아버지는 우리 아홉 남매를 먹여 살리느라 학용품 사는 돈까지 아끼기 위해 우릴 눈물 나게 했는데, '예수님은 누구를 먹여 살리느라 배 짓는 목수를 하셨을까'하는 생각이다.

몰라서 묻는가? 인류를 먹이는 게 예수인 것을 ─. 허진숙 시인은 이 시 한편을 위해 시구 안에서 목수의 딸이 돼보고 <목수의 딸>이라는 시 한 편을 생산한 것이다.

그러면서 세상 잡다한 규제, 예수의 피로 몸을 씻을 때 참다운 자유를 얻게 된다는 <자유>의 가르침, 우리 인류는 노아의 코페르 방주를 타고 같이 살아난 형제임을 <너와 나 우리 하나>에서 타이른다. 그 중심의 한 편을 보자.

아프냐?
얼마나 아팠느냐?
그 음성 바람처럼 살며시 어루만져
많이 아팠느냐 물으신다
스물하고 다섯 번 이사 봇짐 속에 내가 있었니라
꼭꼭 묶여 나도 아팠니라

좁은 길
이마에 주홍 글씨 새겨져 가는 길
내 혼이 투시되어 예수의 피 투석 받은 날
나는 모른다 그분이 누구신지
볼 수도 없고 만질 수도 없는 그분 음성
너는 내 것이라고

밤이 맞도록 우셨던 예수여!
어느 골방 우는 자의 친구 되신 예수여!
소낙비 쏟아지는 날
기다린 듯 우레 속에 내 가슴 묻어놓고
많이 아팠다고

갈보리 십자가 찬송 들으며 집안 가득 모셔 들여 아침을
사는 복
그 분이 예수여!   ≪ 「그분이 예수여!」 전문 ≫

예수가 가난한 시인의 가족으로 살고 있었다. 스물다섯 번 이사를 할 때마다, 이삿짐 속에 가족이 꽁꽁 묶여서 옮겨 가듯 예수님이 그 이삿짐 속에 묶여 있었다.

"네들이 얼마나 아팠니?" 묻고, "나도 꽁꽁 묶여서 매우 매우 아팠다." 하는 말씀이다. 볼 수도, 만질 수도 없는 그분의 음성을 시인은 듣는다.

그러한 예수님은 밤이면 운다. 인류를 위해서 운다. 가난한 자, 배고픈 자, 병든 자를 위해서 운다. 이 나라, 이 강토의 평안을 위해서 우신다.

어느 골방에서, 우는 자의 친구가 되어 같이 운다. 허진숙 시인만이, 허진숙의 신앙의 힘으로만이 그 울음소릴 들을 수 있다. 소낙비 쏟아지는 날이면, 빗소리 속에서 더 역력하게 들린다. 이 한 편은 신앙시요, 좋은 설교다.

3. 신앙에서 길러진 동심

서정의 바탕이 동심이다. 허 시인의 이 서정시집은 제호를 어우른 '사랑', '발자국', '소리, 부터 동심에서 길러진 시어들이다. 동심이라야 천국에 갈 수 있다는 것은 성경의 말씀이다.

이 시 모음을 살피면, 허 시인이 흩어진 어린 시절의 동무를 그리워하는 시편이 있다. 함박눈 내리는 날이면 그때가 그립다고 했다.

그날이 크리스마스이브였다.

새벽 찬양대가 등불을 앞세우고 "기쁘다 구주 오셨네
….".하고 크리스마스 송가를 부르며 시골 마을을 한 바퀴
돌고 나면 곶감이 그만큼, 사과·배가 그만큼, 찰떡이 그만
큼, 과자·사탕이 그만큼이었다.

이것을 가난한 교회의 마루에 펴 놓고 나누어 먹던 동심,
꼬마들 크리스마스의 즐거움은 여기에 있었다. 그 때의 재
미, 그 동무들이 그립다. 지금은 흩어져 할머니가 된 동무
들이다. 그래서 시제를 <지금 어디서>라 했다.

동심들이 하늘을 나는 꿈을 꾼다. 연날리기를 좋아하는
이유가 그것이다. 연처럼 하늘을 날고 싶은 것이다. 연날리
기 놀이를 구경하던 시인이, '너희들 키가 크거들랑 훨훨
가슴 열어 놓고 / 하늘로 날아가거라!' 하고 격려를 보내고
있다 ≪「연 날리는 아이」 중에서≫

허진숙 시인은 미 군용차 따라다니며 건빵, 초콜렛을 얻
어먹으며 동심을 길렀던 소녀였다. 구제품을 타러 줄을 섰
고, 처음 하이힐을 신어보고 오리걸음을 했다. 그러면서
우러렀던 태극기가 요세미티 여행에서 성조기와 같이 휘날
리는 걸 보고, '대한민국이란 꽃'이 시인의 가슴에 피어 있
음을 느낀다. ≪「내 가슴에 핀 꽃」 중에서≫

허진숙의 이러한 동심도 신앙에서 시작 돼, 시심으로 성
장했음을 보여주고 있다.

126

할머니 생일 축하해요
은호는 할머니 생일 위해 뭐해 줄 거야?
음— 음—
단풍잎 하나 선물할게요!

고사리 손으로 동심 줍고
할미는 세월을 줍고

할머니! 단풍잎 너무 이쁘지요?
그래! 누가 만들었을까?
하나님이요!
바람 속에 계신 데요

야곱의 축복 너에게로 ….
≪「선물」전문 ≫

시의 캐릭터 아기가 할머니와 이야기하는 아기적 허 시인일 수도 있지만, 허진숙 시인과 대화를 나누는 오늘의 손자 손녀로 생각하자. 할머니 손이 세월을 줍는다는 시구가 좋다. 세월 속에서 얻은 손자 손녀.

할머니 생일 선물로 고사리 손이 단풍잎을 드리며, "단풍잎 너무 예쁘지요?" 한다. "누가 만들었을까?"의 질문에 동심의 아기가 "하나님이요!" 한다. 동심이 창조론을 이끌

어내었다. 동심이 창조론을 알고 있는 것이다. 그러한 가정에서 손자 아기는 자라고 있고, 할머니는 시를 써 왔다.

4. 민족의 이름으로

허진숙의 시에서 70년 동안 귀향을 위해 애태우는 실향민을 위로하는 시편이 있다. 겨레의 염원을 담은 목소리다. 시인은 보안에 잡혀가는 위험을 무릅쓰고 중국에 가서 탈북민이 숨어 사는 곳을 찾아 사랑의 행각을 했다.

태어나면서 출생을 세상에 알리지도 못하고, 인민증이 없어, 학교도 병원도 가지 못하는 아이들은 겁에 질린 눈빛이었다. 밀고자가 있어 어머니가 북으로 잡혀간 아이는 더욱 그러했다. "우리 엄마는 한국에 돈 벌러 갔어요." 하는 아이는 그래도 눈빛이 살아 있더라는 것.

이름도 없이 사라지고 있는 이 아이들한테서 <이름도 없이 사라져 가는 아이들> 제하의 시가 태어났다. 가슴속 눈물로 빚은 사랑의 시다.

장시로 엮은 이 시편 안에는 최근의 염려 하나를 더 곁들여 두었으니, 자유를 찾아 조국에 온 탈북자들이 판문점에서 날아온 불안한 소식에 떨고 있다는 거다.

시인은 이 시의 결구에서 이들을 두 번 죽이지는 말아야 한다고 목소리를 높인다. 민족의 이름으로 외치는 소리다.

실향민의 기도 소리를 허진숙의 시에서 들어보자.

붉은 피로 얼룩진 두만강은 말 없구나
도문 역에서 경중경중 뛰어가면
어릴 적 기차 소리 듣던 그곳
남영역 내 고향인데

팔순의 실향민 눈가에
어머니 손 놓고 평양 군사훈련 학교로
그날
마지막 꿈속에 고향

총 들고 전선에 떠밀려 죽여야 내가 사는
어처구니없는 바람에 불려온 목숨
남한 거리에 젊음을 버리고
반겨줄 이 없는 변방에 비가 내리네
젊은 피 용트림에 전선을 뛰어넘던 기백
이제 사나 죽으나 주님의 것
고아같이 버려두지 않으신다니
두 손 꼭 잡고
화통소리 요란한 남영 땅 가보리라

실향민의 마지막 기도.
≪ 「실향민의 기도」 전문 ≫

팔십대 실향민을 대신해서 허 시인이 올리는 기도다. 고향을 떠올리는 두만강, 도문역, 남영역…, 남영역은 실향민이 자라던 고향이다. 기차 소리 들리던 내 고향.

어머니의 손을 놓고 평양 군사훈련 학교로 떠나던 것이, 부모님과 고향과의 작별이었다. 남을 죽여야 내가 사는 동족상잔의 전선에 섰다가 자유가 그리워 찾아온 것이 대한민국이다. <변방에는 비가 내리고 있었다>는 그 날의 심정 속에 내리는 비였다.

실향민 그는 반겨줄 이 없는 생존의 거리에서 젊음을 바쳤다. 그 힘은 주님을 의지한데서 온 것이었다. 이제 여든 줄에 들어서고 보니, 사나 죽으나 나는 주님의 것이다.

기차 화통소리 나는 남영 땅 고향에 가보게 해 달라는 간절한 기도다. 기대하는 건 주님이 기도 자를 버리시지 않으신다는 믿음 하나 뿐.

5. 마무리를 위하여

노동은 인생의 생존경쟁을 위해서 필수적인 것이다. 노동은 그래서 그만큼 신성한 것이다. 근면한 노동자를 찬양한 시편으로 <첫차>가 있다. 첫차를 타야 하루를 사는 청소부를 싣고 서대문 지나 사대문 안으로 들어서는 첫차다. 허 시인은 이 첫차를 두고 서민의 꽃차라는 찬양을 한다.

인생은 부지런히 살아야 한다. 이러한 인생살이를 하다 보면 누구에게나 노경이 온다. 그 동안 자녀들이 커서 부모의 일을 떠맡는다. 육군 이등병 베레모 쓰고 "충성!" 경례를 바치는 손자 하영이가 얼마나 든든한가, <종이학의 추억>이 그것이다.

늙을수록 부부 사랑이 따뜻해야 한다. 노부부의 애정고백이 독자에게까지 행복을 이끈다. <당신이 있어 행복했습니다>는 달리는 운전석에 앉은 노경의 당신에게 한 '고백'이다. 그대로 시의 예술이다.

그러한 칠순의 부부는 손잡고 미국 서북부를 여행하고 여행 시 <외출>을 생산했으니 소득이 컸다. 이때 손자들의 Sponsor 역할을 했다.

이러한 허진숙 시인의 예술 철학을 담아 놓은 마지막 시 한 편을 보자.

가난한 영혼이 노래 부른다
가난한 영혼이 악보를 쓴다
우물가에 여인처럼

시를 읽는 사람은 부자로 사는 거
시를 쓰는 사람 부자로 산다는 것
하늘을 품고 땅을 사서 시를 짓는다

가난한 영혼이 그림을 그린다
푸른 하늘에 붓대를 휘날려
무지개를 꺼내어 산천에 뿌려 놓고
새들아 노래하라
가난한 노래 부르며 숲길을 거닐란다

하늘이 우레를 치는 거
땅이 지진을 치는 건
모조리 재가 되어 사라질 거
오늘 우리 모두 가난한 노래 부르자
≪ 「우물가에 여인처럼」 전문 ≫

예술인은 예술에 임하기를 모름지기 '우물가에 여인'처럼 하라고 했다.

우물가에 여인은 예수를 보고, 메시야임을 알았다. 이보다 놀라운 일은 없다. 여인은 이 사실을 알리기 위해 물동이를 버려두고, 동네방네 돌면서 외쳤다. "오리라 하던 메시야가 왔어요. 나와 보셔요! 어서 나와 보셔요!" 하며 실성한 사람처럼 뛰어다녔다.

예술인 모두가 그렇게 하자는 거다. 예술을 볼 때, 구원자를 처음 본 것처럼 하자는 거다. 예술을, 시를, 나의 구원자로 여기자는 것이다. "예술 여기에 사랑을 쏟아라! 사랑을 담아라! 사랑이 되게 하라!"는 메시지를 이 시구에 두었다.

예술은 부자가 되는 수단이 아니라 했다. 시의 창작이 부자 되는 일이 아니라 했다. 그래서 가난한 영혼이 시를 쓴다. 노래 부르는 자도 악보를 쓰는 자도 그렇다. 복음 송에 노래한 그대로다. 그러면서 시인은 마음이 넉넉하다. 예술인은 마음이 부자다. 시를 쓰고, 읽는 이가 모두 그렇다.

가난한 영혼이 그림을 그린다. 푸른 하늘에 붓대를 휘날리는 작업이다. 그들은 부자가 아니다. 그들은 가난한 영혼이다. 그러나 마음이 넉넉하다. 부자에 대한 욕심이 없으니 재앙이 사라질 수밖에 없다.

"남을 넉넉히 사랑할 수 있다. 사랑하자! 우물가의 여인처럼 하자!"

이 모두가 허진숙 시인이 후손, 후배에게, 인류에게 하는 타이름이다. 허진숙 시인의 예술관이다.

사랑은 발자국 소리를 듣는다

이 땅을 적시는 영혼의 음률

시인, 도서출판 농민문학 발행인 ‖ 조 한 풍 ‖

시인은 어느 시대 건, 어느 땅에 태어나 건, 자유스럽게 자신의 영혼 샘에서 길어온 언어의 날 올을 뽑아, 삶의 피륙으로 직조한 시를 읊조리다가 간다. 그리고 시대를 앞서가거나 시대에 저항하는 시인은 대체로 불우한 삶을 살다 간다. 그러나 이러한 시인은 자신의 삶이 불행하다고 생각하지 않는다. 단지 사명감이라 생각한다. 그래서 오히려 시인으로서 희열 같은 행복감을 느끼는 것이다.

허진숙 시인도 이 땅에 태어나 불우한 시대를 걸어온 시인이다. 하지만, 허 시인의 영혼의 소리는 맑다. 맑다 못해 시원하기까지 하다. 그래서 그의 영혼의 샘에서 헹구어 낸 언어의 소리는 가깝게는 가족의 울타리를 넘어 개울을 지나서 산마루에 있는 이웃까지, 아니 더 멀리는 하늘 밖 신에게까지 닿아 있다.

세상이 다채로운 것은 이 땅에 사계의 축복 때문인 것처럼, 허 시인의 다채로운 영혼의 소리는 이 땅에 떨어진 낙엽을 쓸고 우리들 마음속에 쌓인 불순물을 수거해 간다.

사랑은 발자국 소리를 듣는다
허 진 숙 의 세 번째 시집

인쇄 ‖ 2018년 08월 10일 1쇄
발행 ‖ 2018년 08월 15일
지은이 ‖ 허 진 숙
펴낸곳 ‖ 도서출판 농민문학

등록 ‖ 2016.04.17(제300-2016-46호)
주소 ‖ 서울 종로구 율곡로 13가길 19-5
H·P ‖ 010-6368-6929
전화 ‖ 743-7474

ISBN 979-11-958897-9-2   (03810)